SOMBRAS DE MOMPRACEM

Frank Pumet

Esta historia es un homenaje al escritor Emilio Salgari (1862-1911), el padre de Sandokán, Mariana, Yáñez, Amina y de los «Tigres de Mompracem».

Tabla de Contenido

Para Mariana Sainz Briz

Prólogo

En las aguas turbulentas del sudeste asiático, allí donde el cielo y el mar parecen fundirse en una danza eterna de furia y calma, existe una isla rodeada de misterio y temor. Su nombre es Mompracem, una tierra que, según cuentan las leyendas, es el hogar de los espíritus indomables del mar. Allí, las olas azotan con furia las rocas afiladas que emergen como colmillos de un monstruo dormido y la jungla espesa guarda los secretos de quienes la han reclamado como suya.

Durante años, esta isla ha sido el refugio de hombres a los que la sociedad ha dado la espalda, aquellos que se han forjado un destino lejos de las leyes del mundo civilizado. Entre ellos, uno se ha levantado por encima de todos, un hombre cuyo nombre es susurrado con respeto y miedo en igual medida: Sandokán, el Tigre de la Malasia.

Sandokán, nacido príncipe en tierras lejanas, vio cómo su linaje y su reino eran arrasados por el poder colonial. En su corazón, la nobleza de su sangre se mezcló con el fuego de la venganza, dando origen a una leyenda que trascendió las fronteras de su hogar. Él y su feroz tripulación, conocidos como «Los Tigres de Mompracem», lucharon con valentía contra aquellos que intentaron someter su espíritu. Pero más allá de las batallas, de la sangre derramada y los tesoros saqueados, la historia de Mompracem es también una historia de amor.

Es en las sombras de la guerra donde el amor encontró su camino, desafiando las leyes del destino y las barreras del odio. En esta tierra salvaje, donde la vida pende de un hilo, surgieron pasiones tan intensas como el sol abrasador del trópico y corazones que aprendieron a amar en medio de la tormenta.

Las historias que aquí se narran no son sólo de batallas y conquistas, sino también de amores imposibles, de encuentros furtivos bajo la luna tropical y de promesas hechas en el fragor de la lucha porque, cuando todo parecía perdido, fue el amor lo que les dio fuerza para seguir adelante y, en los momentos de mayor oscuridad, la esperanza en los ojos de sus seres queridos fue lo que mantuvo vivos a estos guerreros.

Así, entre las olas embravecidas y la densa jungla, Mompracem no solo fue el refugio de los desposeídos, sino también el escenario de amores que desafiaron el tiempo y la muerte. Y aunque las aguas del océano puedan borrar los rastros de sus pasos, las historias de esos corazones ardientes continúan resonando como el eco de un rugido lejano.

Bienvenidos a Mompracem, donde el peligro acecha en cada rincón, pero donde también florecen las pasiones más puras y devastadoras. En estas tierras, la ley de la espada gobierna, pero el amor, ese indomable sentimiento, sigue siendo el verdadero soberano.

El retorno de
Sandokán

La niebla matinal cubría el horizonte como un manto pesado, apagando el brillo del sol y sumergiendo el océano en un gris opaco. El barco de Sandokán, con sus velas desgarradas y su casco golpeado, avanzaba lentamente hacia las costas de Mompracem. Su retorno no tenía la gloria que lo había acompañado en otras ocasiones; esta vez, el Tigre de la Malasia regresaba derrotado, sus fuerzas mermadas y su espíritu herido.

Sobre la cubierta, los hombres trabajaban en silencio. Las voces rudas y los cantos de guerra que solían resonar entre ellos habían sido reemplazados por un mutismo solemne. Sabían que su líder no necesitaba palabras para entender la magnitud de la derrota. Era palpable en cada uno de sus movimientos, en la tensión que dominaba el aire.

Sandokán, envuelto en su capa roja, observaba las aguas desde la proa. Su mirada, normalmente feroz y decidida, estaba ahora perdida en los recuerdos de la batalla fallida. Su mente volvía una y otra vez a la emboscada que los había tomado por sorpresa, a las espadas enemigas que habían destrozado a sus hombres, a las explosiones que habían engullido el mar con fuego y muerte.

La traición, pensó con amargura, era la más peligrosa de las armas. Había confiado en la información que le prometía una victoria segura, sólo para descubrir demasiado tarde que todo había sido una trampa bien urdida. Los británicos, con su astucia y recursos ilimitados, lo habían hecho retroceder por primera vez en años.

—Mi señor, estamos llegando a la bahía —anunció Yáñez, su inseparable amigo y compañero de aventuras.

Aunque su voz era calmada, la preocupación se reflejaba en sus ojos oscuros.

Sandokán asintió sin apartar la vista del horizonte. Sus heridas, aunque dolorosas, no eran mortales. Sin embargo, sentía en su interior un vacío que nunca antes había conocido. La derrota había herido su orgullo, pero lo que más lo inquietaba era la creciente duda sobre su capacidad para proteger Mompracem y a su gente. Sus hombres habían depositado su fe en él y ahora, después de ver a tantos de ellos caer, no podía evitar preguntarse si merecía dicha fe.

El barco entró en la bahía y la silueta de Mompracem se alzó ante ellos. La jungla espesa y las abruptas montañas que rodeaban la isla habían sido su hogar durante años, un bastión impenetrable que lo había protegido de innumerables enemigos. Pero mientras los hombres desembarcaban, Sandokán sintió por primera vez que la fortaleza de Mompracem no sería suficiente para mantenerlos a salvo de las nuevas amenazas que se avecinaban.

El puerto, normalmente bullicioso con la actividad de piratas y comerciantes, estaba inusualmente tranquilo. Sandokán bajó del barco, sus botas resonando contra las tablas de madera. Los pocos hombres que lo esperaban en tierra firme lo recibieron con rostros sombríos. No había vítores ni saludos; la noticia de la derrota se había adelantado a su llegada.

—Mi señor, los heridos han sido trasladados al refugio —dijo Yáñez, acercándose de nuevo—. Mariana está allí, cuidando de ellos.

El nombre de Mariana penetró la niebla que había nublado los pensamientos de Sandokán. Mariana, la joven curandera que había llegado a Mompracem meses atrás, era conocida por sus habilidades sanadoras. Había traído consigo una calma que contrastaba con la violencia que rodeaba la vida en la isla. A pesar de las adversidades, había mostrado un valor y una compasión que se había ganado el respeto de todos.

Sandokán asintió con una leve inclinación de cabeza y se dirigió al refugio, una construcción simple pero sólida que se alzaba en el centro de la isla. A medida que avanzaba, los habitantes de Mompracem, aquellos que no habían participado en la última batalla, salían de sus cabañas para observarlo en silencio. Sus miradas eran una mezcla de esperanza y temor, como si esperaran ver algún indicio en su rostro que les asegurara que todo estaría bien.

El refugio olía a hierbas medicinales y humo. Mariana estaba inclinada sobre un hombre herido, aplicando un ungüento en una profunda herida en su pierna. Cuando Sandokán entró, ella levantó la vista y sus ojos se encontraron. Durante un instante, todo el ruido y el dolor se desvanecieron. En sus ojos, Sandokán no vio lástima ni reproche, sino algo que no había esperado: comprensión.

—Sandokán —dijo ella en voz baja, casi como un susurro.

—Mariana —respondió él, sin saber qué más decir.

La chica se incorporó y caminó hacia él.

—Debes dejarme ver tus heridas.

—No son nada —dijo Sandokán, aunque con un tono que carecía de su convicción habitual.

Ella alzó una ceja.

—Lo decidiré yo. Siéntate —ordenó sin pensarlo.

Por un momento, Sandokán dudó. No estaba acostumbrado a recibir órdenes y mucho menos de una mujer, pero algo en la determinación tranquila de Mariana lo desarmó. Con un suspiro, se dejó caer en un banco cercano, mientras ella comenzaba a examinarlo.

Sus manos eran suaves, pero firmes. Mientras limpiaba las heridas en sus brazos y aplicaba vendas, Sandokán la observaba en silencio. Había algo en su presencia que le hacía sentir una paz que rara vez encontraba. Sin embargo, también notaba una barrera invisible entre ellos, como si ella ocultara algo detrás de su tranquila fachada.

—¿Cómo están los demás? —preguntó finalmente Sandokán, rompiendo el silencio.

—Están vivos, gracias a ti y a tu valentía —respondió Mariana, sin apartar la vista de su trabajo—. Pero algunos necesitan tiempo para sanar, tanto en cuerpo como en espíritu.

Sandokán asintió, sintiendo una punzada de culpa. Cada hombre perdido en la batalla pesaba en su conciencia, como una carga que no podía quitarse de encima.

—Sandokán —dijo Mariana de repente, vacilando como si luchara por encontrar las palabras correctas—. Quiero que sepas que... comprendo lo que has hecho y lo que haces y, aunque no siempre estoy de acuerdo con tus métodos, sé que tu corazón está en el lugar correcto.

Sandokán la miró con sorpresa. No esperaba esa confesión, pero algo en sus palabras resonó en su interior. Durante años había sido un líder duro, guiado por la venganza y el deber, pero en ese momento, sentado en el refugio con Mariana curando sus heridas, se dio cuenta de que había algo más por lo que luchar, algo más allá del poder y la victoria.

El sol comenzaba a descender en el horizonte, pintando el cielo con tonos anaranjados y rojos. Las sombras alargadas de la noche se cernían sobre Mompracem, trayendo consigo la promesa de nuevos desafíos. Pero en los ojos de Mariana, Sandokán encontró un rayo de esperanza. Y por primera vez desde la derrota, sintió que quizá no estaba tan solo en su lucha como muchas veces pensaba.

Sin decir una palabra más, Mariana terminó de vendar sus heridas y se alejó para atender a otros. Sandokán la siguió con la mirada, mientras su mente se llenaba de pensamientos y emociones que no lograba comprender del todo. Al levantarse para salir del refugio, supo que algo había cambiado. Quizás no en el campo de batalla, pero sí en su interior y, mientras caminaba hacia su cabaña con el eco del mar resonando en la distancia, comprendió que su lucha no era solo por la isla o su tripulación, sino también por aquellos pequeños destellos de humanidad que aún brillaban en su endurecido corazón.

El Tigre de la Malasia había regresado a casa. Pero esta vez no era solo un guerrero; era un hombre en busca de algo más profundo, algo que ni siquiera él había entendido por completo. Y sabía, en el fondo, que ese algo tenía que ver con una joven curandera cuyos ojos reflejaban la promesa de un futuro distinto.

Ecos de venganza

Las primeras luces del alba apenas comenzaban a deslizarse por entre las hojas de la densa jungla de Mompracem cuando Yáñez caminaba a paso ligero por los senderos que serpenteaban hacia las cabañas donde descansaba la tripulación. Aunque había pasado la mayor parte de la noche organizando a los hombres y asegurándose de que los heridos recibieran atención, su mente estaba inquieta. No podía evitar pensar en lo que les esperaba. La derrota reciente había dejado una huella profunda en la moral de la tripulación y los rumores de nuevas amenazas comenzaban a propagarse como fuego en la pólvora.

Al llegar a una pequeña choza alejada del resto, Yáñez se detuvo y golpeó suavemente la puerta. Tras un breve silencio, esta se abrió revelando a Amina, la joven esclava liberada que había llegado a Mompracem meses atrás. Su mirada, oscura e intensa, reflejaba una fuerza que Yáñez había llegado a admirar. A pesar de su juventud, Amina había demostrado ser una mujer formidable, con un temple de acero forjado por años de sufrimiento.

—Yáñez —susurró Amina, sorprendida— ¿A qué debo el honor de tu visita a estas horas?

—Necesito tu ayuda, Amina —respondió él sin rodeos, consciente de que con ella no valía la pena andar con florituras— Hay algo que debemos discutir, algo que no puede esperar.

Amina lo miró fijamente durante unos segundos y, evaluando la ansiedad que parecían transmitir sus palabras, hizo un gesto para que entrara. La choza era pequeña, apenas con espacio para una cama, una mesa y algunas pertenencias. Amina vivía con lo esencial, pero había en su morada una sensación de orden y control que decía mucho de su carácter y forma de ser.

Yáñez tomó asiento en la única silla disponible, mientras Amina se apoyaba contra la mesa, cruzando los brazos.

—¿De qué se trata? —preguntó con su tono directo.

—Algo no está bien en la isla —comenzó Yáñez, eligiendo cuidadosamente sus palabras—. Sandokán está preocupado por la posibilidad de una traición dentro de nuestras filas. Después de lo que ocurrió en nuestra última misión, no puedo quitarme de encima la sensación de que alguien nos vendió a los británicos.

Amina asintió lentamente, sin que su rostro dejara entrever ningún rasgo de sorpresa.

—Yo también lo he notado. Algunos de los hombres han estado actuando de forma extraña, evitándome, murmurando entre ellos cuando paso cerca. Es como si algo oscuro estuviera germinando entre ellos.

Yáñez se inclinó hacia adelante, bajando la voz.

—Necesito que me ayudes a descubrir quiénes son esos traidores. No podemos permitirnos otro golpe como el último. Si los británicos vuelven a atacarnos mientras estamos divididos, no sobreviviremos.

Amina lo observó en silencio, reflexionando sobre las palabras de Yáñez y calculando todas las posibilidades. Ella sabía lo que significaba esa petición. A pesar de haber sido esclava, o quizá precisamente por eso, había desarrollado un sentido agudo para percibir la deslealtad y la falsedad en las personas. En su tiempo, en Mompracem, había aprendido a confiar en muy pocos y ahora se le pedía que pusiera a prueba esa habilidad en el corazón de la misma tripulación que la había liberado.

—Lo haré —aceptó finalmente—, pero necesito acceso a todos los rincones de la isla, incluidos aquellos lugares que normalmente estarían fuera de mi alcance. Si hay conspiradores entre nosotros, no dudarán en eliminar a cualquiera que se interponga en su camino.

Yáñez asintió, sabiendo que ella tenía razón.

—Tendrás todo lo que necesites. Haré que los hombres te respeten y te dejen trabajar en paz.

Amina descruzó los brazos y se acercó a él, con un destello de determinación en sus ojos.

—Lo haré, Yáñez, no solo por ti o por Sandokán, sino por la libertad que he ganado. No permitiré que la traición arranque de nuevo las cadenas que finalmente me he quitado.

Yáñez la miró con respeto, reconociendo la fortaleza que ella irradiaba. Sabía que Amina no era solo una aliada valiosa, sino una mujer cuyo pasado la había convertido en una guerrera de un tipo diferente. No luchaba solo con armas, sino con su mente y con su inquebrantable voluntad.

—Confío en ti, Amina —dijo mientras se levantaba para irse—. Haz lo que debas hacer y mantenme informado.

Ella asintió y lo acompañó hasta la puerta.

—Ten cuidado, Yáñez. Estos hombres que buscan traicionar a Sandokán no tendrán piedad con aquellos que se opongan a sus perversas intenciones.

—Lo tendré, te lo prometo —respondió él, dándole un fugaz beso en los labios antes de desaparecer en la jungla que rodeaba la cabaña.

Decidida, Amina comenzó a preparar lo necesario para su misión. Durante las próximas semanas, investigaría en las sombras, escucharía conversaciones susurradas y seguiría pistas que otros pasarían por alto. No tenía miedo, solo una resolución feroz que la impulsaba hacia adelante.

MIENTRAS TANTO, EN otro rincón de la isla, Sandokán volvía a su cabaña tras dejar el refugio. Aunque sus heridas estaban vendadas, la verdadera batalla se libraba en su interior. Los últimos días habían sido una sucesión de derrotas personales y militares que lo dejaban con más preguntas que respuestas. Sin embargo, sabía que no podía permitirse flaquear. No cuando tantas vidas dependían de él.

Al llegar a su cabaña, se detuvo en la entrada y miró hacia el horizonte, donde el sol comenzaba a subir, dispersando las últimas sombras de la noche. Sentía la presión de cada responsabilidad, pero también la chispa de algo que no había sentido en mucho tiempo: una renovada determinación, alimentada por la conexión que había sentido con Mariana.

Sabía que la lucha por Mompracem no había hecho más que empezar, y esta vez, no se enfrentaba solo a enemigos externos, sino también a los fantasmas de su propio pasado y a las traiciones que podrían estar gestándose en su propia casa. Pero a pesar de todo, Sandokán estaba decidido a proteger lo que era suyo, sin importar el coste.

Los ecos de la venganza resonaban en la isla, y la batalla por el control de Mompracem estaba a punto de intensificarse, pero, con aliados como Yáñez y Amina a su lado, Sandokán sabía que todavía había esperanza.

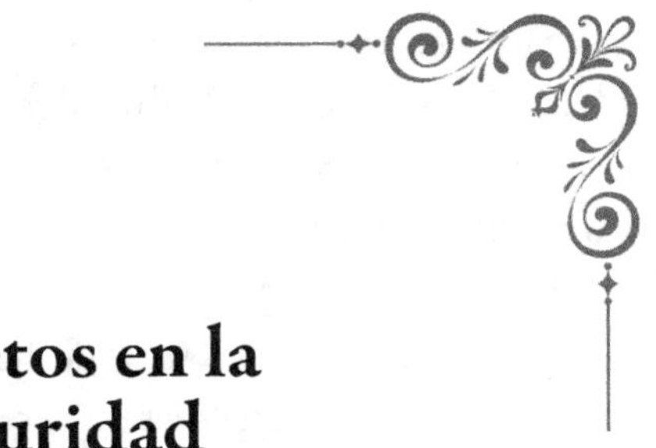

Secretos en la
oscuridad

La luna brillaba con una intensidad inusual, bañando Mompracem con su luz plateada. Bajo su resplandor, la jungla parecía un ente vivo, susurrando secretos a través de las hojas que se agitaban con la brisa nocturna. Los sonidos del bosque se mezclaban con los murmullos de las olas que golpeaban suavemente las costas de la isla, creando una sinfonía natural que normalmente habría sido un bálsamo para las almas de todos los que allí vivían. Sin embargo, esa noche, para Amina, los murmullos de la isla eran solo un recordatorio de los peligros que acechaban en cada sombra.

Vestida con ropa oscura y con un cuchillo al cinto, Amina se deslizó por los senderos menos transitados de Mompracem. Sabía que su misión requería sigilo y precaución. Si alguien la descubría husmeando, las sospechas recaerían sobre ella y los verdaderos traidores podrían desaparecer antes de que ella pudiera desenmascararlos.

Su primer objetivo era una pequeña cabaña al borde de la selva, habitada por uno de los marineros que menos tiempo llevaba en la tripulación de Sandokán, un hombre llamado Malik. Desde su llegada, se había mantenido en un discreto segundo plano, pero Amina había notado que sus ojos siempre estaban atentos, como si estuviera esperando el momento adecuado para actuar. Había algo en él que la incomodaba y esa sensación de incomodidad era lo suficientemente fuerte como para tenerla en cuenta.

La cabaña de Malik estaba medio oculta por la vegetación, lo que le daba la apariencia de haber sido tragada por la selva. Amina se detuvo a una distancia prudente, ocultándose detrás de unos matorrales para observar. La puerta estaba entreabierta y la luz parpadeante de una lámpara de aceite brillaba en su interior.

Con la respiración contenida, Amina se acercó en silencio, sin hacer ningún tipo de ruido. Al llegar al umbral de la puerta, se asomó con cuidado, permitiendo que sus ojos se adaptaran a la luz. Dentro, Malik estaba inclinado sobre una mesa, con un mapa extendido frente a él. No estaba solo. Junto a él, un hombre que Amina reconoció como parte de la tripulación de otro barco susurraba algo que ella no podía escuchar.

Amina frunció el ceño. Sabía que las alianzas entre diferentes tripulaciones eran comunes en el mundo pirata, pero algo en la forma en que esos dos hombres interactuaban le resultó sospechoso. Decidió acercarse un poco más, asegurándose de no hacer ruido, hasta poder escuchar fragmentos de su conversación.

—...navegar hacia el oeste al amanecer —decía Malik en voz baja, señalando un punto en el mapa—. Los británicos no esperarán un ataque por esa ruta. Los barcos estarán demasiado dispersos para defenderse adecuadamente.

—¿Y estás seguro de que Sandokán caerá en la trampa? —preguntó el otro hombre, con escepticismo en su tono de voz.

Malik asintió con firmeza.

—Confiará en la información que le proporcione. Ya he comenzado a ganarme su confianza. Cuando los británicos ataquen, será demasiado tarde para que él o su tripulación puedan escapar.

Amina sintió un nudo formarse en su estómago. No había duda: Malik estaba conspirando con los británicos para traicionar a Sandokán. Tenía que actuar rápidamente, pero también sabía que no podía enfrentarse a ellos sola en ese momento. Cualquier movimiento en falso podría alertar a los conspiradores y poner en peligro su vida y la de toda la tripulación.

Retrocedió lentamente, calculando meticulosamente cada paso para evitar ser descubierta. Una vez que estuvo lo suficientemente lejos de la cabaña, se giró y corrió hacia el centro de la isla, donde sabía que encontraría a Yáñez. El tiempo era esencial; tenía que informar a Sandokán y a los demás antes de que Malik pudiera ejecutar su plan.

MIENTRAS TANTO, EN otra parte de Mompracem, Sandokán estaba en su cabaña, repasando los eventos de los últimos días. La noche avanzaba, pero él no lograba conciliar el sueño. Sus pensamientos estaban plagados de dudas y de la creciente sensación de que algo oscuro se cernía sobre ellos. La derrota reciente lo había afectado más de lo que estaba dispuesto a admitir y, aunque confiaba en Yáñez para manejar las tensiones en la isla, sabía que no podía permanecer al margen por mucho más tiempo.

Un golpe suave en la puerta lo sacó de sus pensamientos. Antes de que pudiera responder, la puerta se abrió y Mariana entró, llevando una pequeña bandeja con té caliente. La miró con sorpresa, pero también con gratitud.

—Pensé que te vendría bien algo para calmar la mente —dijo ella con una leve sonrisa, dejándose caer en la silla frente a él.

Sandokán aceptó el té y le dio un sorbo, sintiendo cómo el calor del líquido le relajaba los músculos tensos.

—Gracias, Mariana. Pareces conocer lo que necesito antes que yo mismo.

Ella se encogió de hombros, con una mezcla de comprensión y preocupación en sus ojos.

—Estás agotado, Sandokán. Estás cargando con el peso del mundo sobre tus hombros y, aunque sé que eres fuerte, todos necesitamos un respiro de vez en cuando.

Él la miró, notando la sinceridad en su voz. Durante tanto tiempo había luchado solo, confiando únicamente en su fuerza y en su voluntad para superar los desafíos. Pero desde que Mariana había llegado a su vida, había comenzado a darse cuenta de que no siempre tenía que ser así.

—Lo sé —reconoció finalmente, dejando la taza en la mesa—. Pero es difícil bajar la guardia cuando sé que tantos dependen de mí. Sé que hay algo que se está gestando en la isla, algo que podría destruir todo lo que hemos construido.

Mariana inclinó la cabeza, observándolo con atención.

—¿Qué es lo que temes, Sandokán? ¿Qué te preocupa tanto?

Antes de que él pudiera responder, la puerta se abrió de golpe y Yáñez entró, con la respiración agitada y el rostro serio.

—Sandokán, tenemos problemas.

La expresión de Sandokán cambió instantáneamente. Se levantó de un salto, listo para enfrentar lo que fuera que Yáñez tuviera que decir.

—¿Qué sucede? —preguntó, con la tensión marcándose en su voz.

—Es Amina —contestó Yáñez, respirando hondo para calmarse—. Ha descubierto una conspiración. Malik y otros están planeando traicionarnos. Están en contacto con los británicos y planean guiarlos hacia la isla. Si no actuamos ahora, podríamos perderlo todo.

El silencio que siguió a esas palabras fue denso, cargado de la gravedad de la situación. Sandokán sintió cómo la ira comenzaba a crecer en su interior, una furia que había aprendido a controlar a lo largo de los años pero que ahora amenazaba con desbordarse.

—No permitiremos que nos traicionen —sentenció con voz firme y con una determinación feroz brillando en sus ojos—. Reúne a los hombres de confianza, Yáñez. No dejaremos que esos traidores tomen por sorpresa a los Tigres de Mompracem.

Yáñez asintió y salió de la cabaña para cumplir con las órdenes. Sandokán se volvió hacia Mariana, que lo observaba en silencio, con una expresión calmada pero, a su vez, llena de preocupación.

—Gracias por el té —le agradeció él, forzando una sonrisa—, pero parece que esta noche no podré descansar.

—Cuídate, Sandokán y recuerda que no estás solo en esta lucha.

Él asintió, tomando su espada y preparándose para salir a la batalla que estaba a punto de comenzar, no solo contra los enemigos externos, sino también contra los que habían traicionado su confianza desde dentro.

El silencio de la noche fue roto por el sonido de los pasos de Sandokán, que se dirigía a encontrarse con sus hombres. Sabía que el camino por delante sería arduo, pero estaba decidido a proteger a su gente y su isla. Mompracem había sido un bastión de libertad para muchos y no permitiría que nadie, ni siquiera aquellos a quienes había dado la bienvenida, se lo arrebatara de sus manos.

La luna, testigo silenciosa de los secretos y las traiciones que se desenvolvían bajo su luz, continuó su viaje por el cielo, mientras la lucha por el control de Mompracem se intensificaba en la oscuridad.

Sombras en el agua

La mañana llegó con una calma engañosa, la que proporcionaba el sol derramando su luz dorada sobre la superficie del mar alrededor de Mompracem. Los Tigres de la isla estaban en movimiento, preparándose para lo que sabían que sería una confrontación decisiva. Gracias a Amina, el plan de Malik había sido descubierto. Ahora, la tripulación de Sandokán debía actuar rápido para detener la emboscada antes de que los británicos tuvieran la oportunidad de atacar.

En el muelle, Sandokán se movía entre sus hombres, inspeccionando los preparativos. El rugido del mar chocaba con el bullicio de la actividad frenética: hombres afilando sus armas, revisando las velas y ajustando los cañones. A pesar de la urgencia, había en el aire una tensión controlada, como la calma antes de la tormenta.

Yáñez estaba a su lado, manteniendo su rostro sereno a pesar de la gravedad de la situación.

—Todo está listo, Sandokán —le informó, mirando hacia el horizonte, donde las nubes se acumulaban lentamente como presagio de la batalla que se avecinaba—. Los hombres están preparados para zarpar en cuanto des la orden.

Sandokán asintió, con la mente plenamente concentrada en la estrategia. Había dado instrucciones para que los barcos salieran en dos grupos: uno visible para atraer a los británicos y otro oculto tras una serie de islotes, listo para emboscar a los atacantes. Sabía que era un riesgo, pero era su mejor opción para enfrentar a un enemigo tan poderoso y numeroso.

—Partimos en una hora —ordenó finalmente, con voz firme—. Yáñez, asegúrate de que todos entiendan lo que está en juego. No habrá segundas oportunidades si fallamos.

Yáñez inclinó la cabeza en señal de acuerdo y se alejó para cumplir las órdenes. Sandokán lo observó partir, sabiendo que podía confiar en su amigo para manejar toda aquella situación. Sin embargo, no podía sacudirse la sensación de inquietud que lo había acompañado desde el descubrimiento de la traición. Malik y sus hombres habían sido apresados acusados de traición, pero Sandokán temía que hubiera más conspiradores escondidos entre su tripulación.

Antes de que pudiera seguir con sus pensamientos, una figura familiar apareció en su campo de visión. Mariana caminaba hacia él, con una expresión seria. La mirada de Sandokán se suavizó al verla. Desde que la había conocido, había sentido una conexión profunda con ella, una sensación de comprensión mutua que iba más allá de las palabras y algo que, en definitiva, sabía que no era otra cosa más que amor.

—¿Estás listo? —preguntó ella al acercarse, con una voz suave que apenas ocultaba el trasfondo de preocupación.

—Lo estoy —mintió él, esbozando una leve sonrisa—. Pero siempre es más fácil decirlo que estarlo en realidad. Hoy podría ser el día en que todo cambie.

—Lo sé, Sandokán —reconoció Mariana, deteniéndose a su lado y mirando al horizonte—. He vivido suficientes batallas para saber que no hay garantías, pero también sé que eres un líder que no teme asumir riesgos cuando es necesario.

Sandokán la miró, apreciando la firmeza de su voz y la confianza en sí mismo que ella le transmitía con sus palabras. Había encontrado en Mariana no solo una compañera, sino una aliada cuyo valor igualaba al suyo.

—Y tú has demostrado ser una mujer cuya fuerza va más allá de la espada, respondió, besándola a continuación.

Por un momento, el bullicio del muelle se desvaneció, dejando solo el sonido del mar y el latido constante de sus corazones. Fue Mariana quien rompió el silencio, suavizando su tono mientras colocaba una mano sobre el musculoso brazo de Sandokán.

—Regresa con vida, Sandokán. Mompracem te necesita... y yo también.

Él la miró a los ojos, sintiendo cómo esas palabras calaban hondo en su espíritu.

—Haré todo lo posible, Mariana. Y si no vuelvo, lucha por lo que hemos construido aquí.

Ella asintió, sabiendo que las promesas en tiempos de guerra a menudo eran frágiles, pero al mismo tiempo decidida a cumplirlas si llegaba el momento.

EL TIEMPO TRANSCURRIÓ velozmente y muy pronto la tripulación se encontró embarcando. Estaban listos para partir. Sandokán subió a bordo de su nave insignia, *La Perla de Oriente*, con Yáñez a su lado. Ambos miraron una última vez a la isla antes de que la nave comenzara a alejarse del muelle. La brisa marina soplaba fuerte, hinchando las velas y presagiando la confrontación inminente.

El mar estaba inquieto, reflejando la tensión en el aire. Las nubes que se habían acumulado en el horizonte ahora cubrían gran parte del cielo, oscureciendo la luz del sol y creando una atmósfera cargada de inquietud. Los hombres en cubierta hablaban en voz baja, conscientes de que cada palabra podría ser la última antes de entrar en combate.

—Todo parece estar en su lugar —dijo Yáñez, rompiendo el silencio—. Nuestros barcos se están posicionando como planeamos. Si todo sale bien, pillaremos a los británicos totalmente desprevenidos.

—Eso espero —respondió Sandokán, con sus ojos fijos en el horizonte.

A pesar de sus palabras, la preocupación seguía latente en su mente. Sabía que el éxito de su plan dependía no solo de la estrategia, sino también de la lealtad de sus hombres y, en esos momentos críticos, la traición era un enemigo tan mortal como cualquier cañón.

A medida que *La Perla de Oriente* avanzaba, los otros barcos de la flota de Sandokán se desplegaban en formación, creando una apariencia de vulnerabilidad. Desde la distancia, parecían desorganizados, como si estuvieran desprevenidos para un ataque, pero, en realidad, cada movimiento estaba calculado para atraer a los británicos hacia la trampa que les habían tendido.

Finalmente, en el horizonte, comenzaron a aparecer los primeros mástiles de los barcos enemigos. Eran muchas naves, más de las que Sandokán había anticipado, pero ya no había tiempo para vacilar. La batalla era inevitable.

—Preparad los cañones —ordenó Sandokán, con atronadora voz.

Los hombres se movieron rápidamente, cargando las armas y preparándose para el primer ataque. El silencio se apoderó de la nave mientras todos esperaban la señal para disparar.

Los barcos británicos se acercaban rápidamente, confiados en su superioridad numérica. Sandokán observó cómo se desplegaban, formando una línea de ataque que pretendía rodear a su flota. No tenían ni la menor idea de lo que les esperaba.

—¡Ahora! —gritó Sandokán, justo antes de que los cañones rugieran al unísono, disparando una lluvia de balas hacia los barcos enemigos. Los británicos, sorprendidos por la precisión y la fuerza del ataque, intentaron reorganizarse, sin tiempo ni éxito. La emboscada había comenzado.

Desde detrás de los islotes, los barcos ocultos de Sandokán surgieron repentinamente, dejándose ver y lanzándose al ataque con ferocidad. Los cañones tronaban y los gritos de guerra se alzaban mientras los Tigres de Mompracem se enfrentaban a los británicos en una batalla a muerte. Las olas se teñían de rojo mientras el combate se intensificaba y el aire se llenaba del olor a pólvora y sangre.

A bordo de *La Perla de Oriente*, Sandokán dirigía el ataque, blandiendo la espada con furor mientras luchaba contra los enemigos que se atrevían a abordar su nave. Yáñez se encontraba a su lado, cubriéndole las espaldas y asegurándose de que ningún británico pudiera llegar demasiado cerca. A pesar de la desventaja numérica, los Tigres luchaban con una determinación que solo podían darles la rabia y el amor por su libertad.

Todo iba bien hasta que, en medio del caos, Sandokán vio algo que lo hizo detenerse. A lo lejos, en uno de los barcos británicos, divisó una figura familiar: era Mariana. Estaba siendo arrastrada por un grupo de soldados hacia el interior de la nave, luchando con todas sus fuerzas. Imaginó que habrían conseguido desembarcar y que habrían tomado varios rehenes, entre los cuales se encontraba Mariana.

La visión lo llenó de una furia que no había sentido en años. Sin dudarlo, se lanzó hacia el borde de *La Perla de Oriente*, ordenando a Yáñez fuera de sí que tomara el mando.

—¡Voy a por ella! —vociferó, sin esperar respuesta y completamente decidido a que nada lo detuviera.

Con un movimiento ágil, se lanzó al agua y comenzó a nadar hacia el barco enemigo, con el único pensamiento de salvar a Mariana antes de que fuera demasiado tarde. Las olas lo golpeaban, sabía que podía perder la vida en un instante como tuviera la mala suerte de toparse con algún tiburón en aquellas aguas en las que cada vez flotaban más y más cadáveres; sin embargo, nada de esto conseguía frenar a Sandokán, únicamente decidido a rescatar a la mujer que amaba por encima de cualquier otra cosa en este mundo.

Al llegar al costado del barco, se agarró a un cabo y comenzó a trepar, con sus poderosos músculos tensándose con cada movimiento. Los sonidos de la batalla seguían resonando a su alrededor, pero no tenía otro objetivo más que Mariana y su necesidad de salvarla de los británicos.

Finalmente, llegó a la cubierta, donde fue recibido por un grupo de soldados enemigos. Con la espada en mano, Sandokán se abrió paso a través de ellos, luchando con la furia de un tigre acorralado. Con golpes precisos llenos de odio, muy pronto los cuerpos de los soldados que le habían salido al paso yacieron sin vida a sus pies.

Desarticulada toda la resistencia, Sandokán no dudó en afrontar lo siguiente que sabía que debía hacer: correr hacia la puerta por donde había visto desaparecer a Mariana.

Corazón en llamas

El interior del camarote estaba sumido en una penumbra tensa, apenas iluminado por la tenue luz que se filtraba a través de las rendijas de las ventanas. Los sonidos de la batalla se oían lejanos, amortiguados por las gruesas paredes de madera del barco británico. Sandokán se detuvo un instante para permitir que sus ojos se adaptaran a la oscuridad, con sus sentidos aguzados al máximo, buscando cualquier indicio de peligro. Sentía el corazón latiéndole con fuerza, no solo por la adrenalina de la lucha, sino también por la preocupación que lo quemaba desde dentro: Mariana estaba en manos del enemigo.

Al avanzar sigilosamente por el estrecho pasillo, el eco de unas voces en el fondo lo guio hacia la puerta entreabierta de una pequeña estancia. Con cada paso que daba, la furia que sentía se intensificaba en una mezcla de rabia y desesperación que lo impulsaba a seguir adelante. No podía permitir que nada le pasara a Mariana. No después de todo lo que había sucedido entre ellos.

Finalmente, llegó a la entrada y, con un solo movimiento, abrió la puerta con fuerza propinándole una demoledora patada. El golpe resonó en el reducido espacio, llamando la atención de los dos hombres que estaban dentro. Uno de ellos, un oficial británico de mediana edad, se giró sorprendido al ver a

Sandokán, mientras el otro, un soldado, intentaba mantener a Mariana sujeta por los brazos, aunque ella seguía resistiéndose con fiereza.

—¡Sandokán! —exclamó el oficial, dando un paso atrás. La sorpresa y el terror que reflejaron sus ojos pronto se transformó en un intento de recuperar la compostura—. ¡Atrapadlo!

Sus palabras se perdieron en el vacío, pues solo estaban él y el soldado, quienes no fueron suficientes para intimidar al Tigre de Mompracem.

Sandokán no esperó a que los hombres tuvieran el tiempo suficiente como para reaccionar. Se lanzó hacia ellos con la velocidad de un relámpago. El soldado que aún mantenía su agarre sobre Mariana apenas tuvo tiempo de soltarla antes de que ella le diera un fuerte codazo en el vientre y de ver cómo Sandokán se lanzaba sobre él. En un solo movimiento, el pirata desarmó al soldado y lo empujó con fuerza hacia la pared, dejándolo inconsciente.

Mariana, liberada, retrocedió rápidamente, sintiendo el alivio que experimenta cualquier persona que sabe que ha estado cerca de la muerte. Sandokán le dirigió una rápida mirada, confirmando que estaba bien, antes de girarse hacia el oficial británico, que ahora sostenía su espada con ambas manos, intentando mantenerse firme frente a la amenaza, aunque sin poder dejar de temblar.

—Ríndete ahora y tu muerte será rápida —le ordenó Sandokán, con una voz tan fría como el acero de su espada.

El oficial lo miró, intentando mantener la dignidad.

—Nunca me rendiré ante un pirata como tú —escupió, lleno de desprecio.

—Entonces tú mismo has elegido tu destino —replicó Sandokán, avanzando hacia él con pasos medidos, a la par que decididos.

El oficial levantó su espada para atacar, pero Sandokán fue más rápido. Con un movimiento certero, desvió la hoja del enemigo y contraatacó, clavando la suya en el costado del hombre. El oficial soltó un gemido ahogado, su cuerpo se tambaleó y, finalmente, se desplomó.

El silencio volvió a llenar la habitación, roto solo por la respiración agitada de Mariana. Sandokán blandió su espada y se giró hacia ella, suavizándose sus ojos nada más verla y sintiendo cómo la furia que lo había sostenido durante la lucha comenzaba a desvanecerse, siendo reemplazada por un alivio tan profundo que casi lo abrumó.

—¿Estás bien? —preguntó, acercándose a ella.

Mariana asintió, aún un poco temblorosa, pero claramente aliviada de estar a salvo.

—Sí, gracias a ti. Llegaste justo a tiempo.

Sandokán levantó la mano y la posó sobre la mejilla de Mariana en un gesto que reflejaba su preocupación y afecto.

—No podía dejarte en sus manos —le susurró.

Mariana cerró los ojos por un momento, disfrutando del contacto.

—Sabía que vendrías —murmuró—. Siempre supe que vendrías a por mí.

Por un instante, ambos quedaron atrapados en la intimidad de aquel momento, como si todo lo que aconteciera fuera de aquel camarote no existiera. La conexión entre ellos, que no había dejado de crecer desde que se conocieron, se hizo más fuerte, tangible. Sandokán se inclinó hacia ella y besó a Mariana apasionadamente, consciente de lo cerca que había estado de perderla.

—Debemos salir de aquí —dijo Sandokán, recuperando de nuevo la conciencia sobre el lugar en el que se encontraban—. La batalla aún no ha terminado y tenemos que asegurarnos de que no haya más traidores.

Mariana asintió, dejando que Sandokán la guiara hacia la salida. Pero antes de que pudieran avanzar, se oyó un fuerte estruendo, seguido de un temblor que sacudió el barco. Los ojos de ambos se encontraron, conscientes de que algo grave estaba sucediendo en el exterior.

—¡Tenemos que darnos prisa! —exclamó Mariana y ambos salieron corriendo por el pasillo, subiendo las escaleras que los llevarían de regreso a la cubierta.

CUANDO EMERGIERON A la luz del día, la escena que los recibió fue un caos total. El mar se encontraba lleno de objetos flotantes, mientras los barcos de Sandokán y los británicos se enfrentaban en una batalla feroz. Los cañones disparaban a quemarropa y las naves crujían bajo el impacto de las balas y las explosiones. *La Perla de Oriente*, aunque dañada, seguía luchando, ondeando su bandera con orgullo.

Sandokán no perdió el tiempo. Tirando de Mariana, se lanzó hacia el borde del barco, buscando una manera de regresar a su nave. Sin embargo, antes de que pudieran encontrar un bote o un cabo para descender, un grupo de soldados británicos apareció frente a ellos, bloqueando su camino.

El líder de los soldados, un capitán con una cicatriz que cruzaba su rostro, sonrió con malicia al ver a Sandokán y Mariana.

—Así que el famoso Tigre de Mompracem ha caído en nuestra trampa —se burló—. Y veo que no vienes solo. Esto será interesante.

Sandokán lo miró con una calma engañosa.

—No tienes idea de con quién te estás metiendo —replicó, alzando su espada en un gesto desafiante.

Mariana, aunque desarmada, se mantuvo a su lado, con determinación inquebrantable. Sabía que no podía luchar como Sandokán, pero estaba dispuesta a hacer todo lo que fuera necesario para salir de esa situación.

El capitán hizo un gesto a sus hombres, que avanzaron con cautela, sabiendo que Sandokán no era un oponente fácil, pero, antes de que pudieran atacar, un grito de guerra resonó por encima del ruido de la batalla, seguido de un aluvión de disparos. Un grupo de piratas de la tripulación de Sandokán había abordado el barco, liderados por Yáñez, que venía a rescatar a su amigo.

—¡Yáñez! —gritó Sandokán, con un alivio más que evidente en su voz.

—¡Pensé que podrías necesitar ayuda! —respondió su viejo amigo, disparando a un soldado que intentaba atacarlo. Su llegada había inclinado la balanza a favor de los piratas, que ahora luchaban con renovada energía.

En medio de la confusión, Sandokán se lanzó hacia el capitán británico, que apenas tuvo tiempo de defenderse antes de que el pirata lo atacara con una furia implacable. La batalla entre ambos fue breve pero intensa y, al final, Sandokán se alzó victorioso, acabando con la espada empapada de la sangre de sus enemigos.

Con el capitán derrotado y los soldados británicos dispersos o muertos, el control del barco fue rápidamente asegurado por los hombres de Sandokán. Mariana, aunque agotada, se unió a Yáñez y a los otros piratas, ayudando en lo que podía mientras Sandokán dirigía las operaciones.

Finalmente, cuando la batalla llegó a su fin, los británicos se retiraron, incapaces de soportar la embestida de los Tigres de Mompracem. Las naves piratas, aunque dañadas, seguían en pie y la victoria estaba asegurada.

Sandokán y Mariana, ambos exhaustos pero victoriosos, se encontraron en la cubierta de *La Perla de Oriente*. El sol comenzaba a ponerse, bañando el mar en tonos dorados y rojos, mientras los restos de la batalla flotaban a su alrededor.

—Lo logramos —dijo Mariana en voz baja, mirándolo con una sonrisa cansada pero llena de orgullo.

—Sí, lo logramos —respondió su amado Sandokán.

La tempestad

El sol se deslizaba lentamente por el horizonte, dejando tras de sí un rastro de tonos escarlata y dorado que teñían el cielo sobre Mompracem. Las aguas calmadas del mar reflejaban ese fuego celestial, un contraste inquietante con la ferocidad de la batalla que acababa de terminar. Pero para Sandokán, la tormenta aún no había pasado. En el aire pesado y cargado de sal, sentía que la paz era solo una ilusión, un breve respiro antes de que la verdadera lucha comenzara.

En la cubierta de *La Perla de Oriente*, los piratas celebraban la victoria con vítores y abrazos. El precio había sido alto, pero habían defendido su libertad y su hogar. Yáñez, con una sonrisa en los labios y un brillo de orgullo en los ojos, dirigía las reparaciones junto con los hombres, guiando cada maniobra gracias a su ya amplia experiencia en los mares.

Sandokán no compartía ese momento de euforia. Con la mirada fija en el horizonte, sus pensamientos giraban en torno a lo que vendría después. Sabía que la victoria de hoy no era más que un preludio; los británicos regresarían con más fuerza, con más hombres y barcos y tenía muy claro que, si Mompracem no estaba preparada, todo lo que habían construido se desmoronaría.

A su lado, Mariana observaba su perfil tenso y silencioso. Desde que habían vuelto a bordo, Sandokán apenas había dicho una palabra, absorto en sus pensamientos. A ella también la había conmovido la intensidad de la batalla y la magnitud del peligro al que se habían enfrentado, pero conocía de sobra a Sandokán y sabía que su mente no era otra cosa en aquellos momentos más que un auténtico torbellino de emociones. Eso fue lo que le llevó a romper el silencio.

—¿En qué piensas, Sandokán? —preguntó suavemente, apoyando una mano en su brazo.

Él tardó un momento en responder, como si hubiera estado muy lejos de aquel lugar.

—Pienso en lo que vendrá —confesó al fin con una voz profunda y cargada de preocupación— Hoy ganamos, pero los británicos no se rendirán tan fácilmente. Regresarán, y debemos estar preparados para enfrentarnos a ellos de nuevo.

Mariana asintió, comprendiendo la gravedad de sus palabras.

—Lo sé —murmuró, dejando que su vista se perdiera también en el horizonte —, pero hoy has demostrado que eres un líder formidable. Mompracem te sigue por una razón.

Sandokán la miró, notando la sinceridad en sus ojos.

—Eres una mujer muy valiente, Mariana. Te has enfrentado a peligros que muchos no se atreverían a desafiar. Pero la batalla que se avecina podría ser nuestra última y no puedo permitir que te pongas en peligro.

Mariana frunció el ceño.

—No puedes pedirme que me quede al margen, Sandokán. Estoy aquí porque quiero luchar por este lugar, por lo que hemos construido juntos. No soy una flor que necesita protección; soy una guerrera igual que tú.

Sandokán sonrió con tristeza. Sabía que Mariana tenía razón, pero su corazón estaba dividido y sentía cómo su amor por ella y el deseo de mantenerla a salvo estaba por encima de todo.

—No dudo de tu valor, pero si algo te ocurriera...

Sus palabras quedaron suspendidas en el aire, incapaz de terminar la frase, incapaz de expresar el miedo que lo consumía.

Mariana tomó su mano, entrelazando sus dedos con los de él.

—No podemos vivir con miedo a lo que pueda pasar, Sandokán. Lo único que podemos hacer es enfrentarnos a lo que venga y hacerlo juntos. Pase lo que pase, estoy contigo.

Por un momento, Sandokán la miró, permitiéndose sentir la fuerza de ese lazo que los unía. Finalmente asintió, sabiendo que no podía negar lo que sentía, pero tampoco ignorar el coraje de la mujer que tenía a su lado.

—Juntos, entonces —dijo, apretando su mano—, pero debes prometerme que tendrás mucho cuidado.

—Prometido —respondió Mariana, sonriendo levemente.

Nada más decirlo, la paz de ese momento fue interrumpida por un grito desde la cofa del vigía.

—¡Velas en el horizonte!

El sonido retumbó en la cubierta y todos los hombres se detuvieron, volviendo la vista hacia el horizonte. Sandokán soltó la mano de Mariana y corrió hacia el lado del barco, desplegando su catalejo para verlo con sus propios ojos.

A lo lejos, donde el cielo se unía con el mar, una flota se acercaba. No era tan grande como aquella a la que se habían enfrentado antes, pero sí lo suficientemente numerosa como para causar alarma. Sin embargo, a diferencia de las embarcaciones de los británicos, estas naves no llevaban banderas que Sandokán reconociera. Eran de diseño extraño, pesadas y amenazantes, con las velas negras ondeando en el viento como heraldos de la muerte.

—¿Quiénes son? —preguntó Yáñez, que había subido a su lado, también observando la flota que se acercaba.

—No lo sé —admitió Sandokán, visiblemente preocupado—. No parecen ser amigos.

Mariana se unió a ellos, con una expresión igual de tensa.

—¿Qué haremos?

—Nos prepararemos para lo peor —respondió Sandokán, cerrando el catalejo y volviendo a tomar el control—. Yáñez, ordena a los hombres que se preparen para la batalla. No podemos permitir que lleguen a la isla.

Yáñez asintió y corrió a dar las órdenes, mientras Sandokán se giraba hacia Mariana.

—Quiero que te quedes en la isla, con los otros líderes. Si las cosas salen mal aquí, debes estar preparada para dirigir la defensa de Mompracem.

Mariana abrió la boca para protestar, pero la intensidad en la mirada de Sandokán la detuvo. Sabía que discutir ahora no serviría de nada.

—Está bien —dijo finalmente—, pero prométeme que regresarás con vida.

Sandokán la miró durante un largo momento

—Haré todo lo posible —prometió, antes de darle un breve pero apasionado beso—. Ahora, ve. Debemos estar preparados para lo que venga.

Con un último intercambio de miradas, Mariana se dio la vuelta y corrió hacia el muelle, donde el barco pequeño la esperaba para llevarla de vuelta a la isla. Sandokán la observó hasta que desapareció de su vista, antes de girarse para enfrentar la amenaza que se acercaba.

LA FLOTA ENEMIGA SE movía rápido, con sus barcos cortando el agua a una velocidad sorprendente. Sandokán y sus hombres se prepararon en la cubierta de *La Perla de Oriente*, esperando el inevitable choque. La tensión era palpable en unos hombres que eran plenamente conscientes de que esta batalla podría ser aún más peligrosa que la anterior.

Los barcos enemigos finalmente se detuvieron a una distancia segura, fuera del alcance de los cañones de *La Perla de Oriente*. Desde la nave más grande, una figura alta y oscura emergió. Se trataba de un hombre que llevaba una capa negra que ondeaba con el viento, como si fuera parte de la misma oscuridad que emanaba de su presencia.

—¡Sandokán, el Tigre de Mompracem! —Su voz resonó con un tono profundo y poderoso, amplificado por la quietud repentina del mar—. Soy Raizul, el Azote del Oriente. He venido a ofrecerte una elección: rendirte y unirte a mí o, si lo prefieres, morir junto a todos los hombres, mujeres y niños de tu isla.

Sandokán observó al hombre, esforzándose por pensar con rapidez. Había oído rumores sobre Raizul, un pirata temido por todos los mares del Este, conocido por su crueldad y su ambición desmedida. Precisamente por eso, enfrentarse a él no era algo que Sandokán se tomara a la ligera.

—Raizul —respondió Sandokán, alzando la voz para que sus palabras cruzaran la distancia entre ellos—. No me rindo ante nadie y mucho menos ante un hombre que busca subyugar a los libres. Si quieres esta isla, tendrás que luchar por ella.

Raizul rio de manera cruel.

—Así sea, entonces —sentenció, con tono amenazante—. Prepárate para la muerte, Tigre de Mompracem. Hoy caerás bajo mi espada.

Con esas palabras, Raizul levantó una mano, y sus barcos comenzaron a avanzar de nuevo, ahora con intenciones claras de atacar.

—¡Todos a sus puestos! —gritó Sandokán —¡Defendamos Mompracem con nuestras vidas!

Los hombres rugieron en respuesta, tomando sus posiciones mientras los cañones se cargaban y las armas se preparaban. Sandokán se colocó en la proa de *La Perla de Oriente*, con su espada en la mano y sus ojos fijos en la flota enemiga que se acercaba.

El viento aumentaba, levantando olas que chocaban contra el casco de la nave, como si el mar mismo presagiara la tempestad que estaba a punto de desatarse. Cuando los barcos enemigos estuvieron lo suficientemente cerca, *La Perla de Oriente* disparó su primera andanada, iniciando así la batalla.

Furia y venganza

El estruendo de los cañones rompió el silencio, reverberando en el aire mientras las balas cortaban el cielo y se estrellaban contra los cascos de las naves enemigas. *La Perla de Oriente* se estremeció bajo el impacto de los disparos, pero se mantuvo firme, liderando la defensa de Mompracem. Desde la cubierta, Sandokán observaba con atención, con cada uno de sus sentidos agudizado mientras la batalla se desataba a su alrededor.

La flota de Raizul avanzaba con una precisión temible. Sus oscuros barcos se asemejaban a siniestras sombras que se deslizaban por el agua. Aunque los cañones de *La Perla de Oriente* lograron dañar algunas de las naves, la mayoría continuó su avance, cerrando y acortando progresivamente la distancia entre ellos. Era evidente que Raizul no había venido solo a pelear; había traído una fuerza de destrucción implacable.

—¡No permitáis que nos aborden! —gritó Sandokán, dirigiendo a sus hombres con la calma de un líder nato—. ¡Mantenedlos a raya!

A su lado, Yáñez asintió, disparando su pistola hacia un grupo de enemigos que intentaban escalar por las cuerdas.

—Estos bastardos están bien organizados —comentó con una sonrisa torcida—, pero no son rivales para nosotros.

—Lo sabremos pronto —replicó Sandokán, lanzándose al combate mientras un grupo de piratas de Raizul abordaba *La Perla de Oriente*.

Con la espada en alto, se abalanzó sobre ellos, con movimientos precisos y letales. Cada tajo y estocada, precisos y mortales a más no poder, constituía un recordatorio de por qué lo llamaban el Tigre de Mompracem.

Los enemigos cayeron bajo su furia, pero por cada uno que derrotaba, otros dos tomaban su lugar. Los hombres de Raizul eran guerreros despiadados, entrenados para matar sin piedad. Sin embargo, Sandokán y su tripulación, hombres curtidos a lo largo de los años, no eran menos feroces. La cubierta del barco se convirtió en un campo de batalla salvaje, donde el acero de unos chocaba con el acero de los otros mientras los gritos de guerra se mezclaban con los gemidos de los heridos.

En medio del caos, Sandokán divisó a Raizul en la nave enemiga más cercana, observando la batalla desde su posición elevada en la cubierta. El pirata llevaba una armadura oscura, grabada con símbolos que Sandokán no reconocía, pero que parecían conferirle una presencia siniestra. Sus ojos brillaban con una crueldad que hacía honor a su apodo de Azote del Oriente.

Por un instante, sus miradas se cruzaron y en ese breve contacto visual Sandokán sintió un odio profundo y visceral. No era solo la amenaza a su hogar lo que lo impulsaba, sino algo más personal, una lucha de voluntades entre dos titanes del mar.

Con una decisión repentina, Sandokán hizo una señal a Yáñez.

—Voy tras Raizul. Dirige la defensa aquí.

—¿Estás loco? ¡No puedes ir solo! —protestó Yáñez, bloqueando el ataque de un enemigo mientras hablaba.

—Confía en mí, amigo —respondió Sandokán con una sonrisa feroz—. Es hora de que Raizul aprenda lo que significa enfrentarse con el Tigre de Mompracem.

Yáñez asintió con una mezcla de preocupación y respeto.

—Cuídate, entonces. Te esperaré con una botella de ron cuando regreses.

Sandokán lanzó una última mirada a Yáñez antes de lanzarse por la borda, saltando hacia uno de los botes que había quedado amarrado al costado de *La Perla de Oriente*. Con la rapidez que lo caracterizaba, cortó las cuerdas y remó con todas sus fuerzas hacia el barco de Raizul, esquivando los escombros y las balas que caían a su alrededor.

Mientras se acercaba, las olas se alzaban con furia, golpeando el bote y mojándolo hasta los huesos, pero Sandokán no se detuvo. Estaba consumido por una única misión: enfrentarse con Raizul y acabar con la amenaza de una vez por todas.

Finalmente, alcanzó el barco enemigo y, sin dudarlo, se lanzó al abordaje. Escaló por el costado de la nave con la agilidad de un tigre, una vez más con su espada lista para cualquier eventualidad. Cuando sus pies tocaron la cubierta, fue recibido por un grupo de piratas enemigos, que lo atacaron al instante. Con todo, Sandokán no era alguien que pudiera ser detenido tan fácilmente. Con una furia desatada, se abrió paso a través de ellos con la espada como si se tratara de un vendaval de muerte.

Los cuerpos cayeron a sus pies, pero Sandokán no se detuvo ni un momento. Sabía que Raizul lo estaba esperando. Finalmente, llegó al centro de la cubierta, donde lo aguardaba con su espada en mano y una sonrisa burlona en los labios.

—Has venido a buscar tu muerte, Sandokán —amenazó Raizul con arrogancia—. Hoy tu leyenda llega a su fin.

—Veremos quién cae primero —replicó Sandokán, alzando su arma.

El duelo comenzó de inmediato, con un choque de aceros que resonó en toda la nave. Raizul era un espadachín formidable, rápido y fuerte, y su estilo de lucha estaba diseñado para desarmar y destruir. Pero Sandokán no era menos hábil. Con cada golpe que intercambiaban, el respeto mutuo se hizo cada vez más evidente, sin que ninguno de los dos cediera terreno.

La batalla entre ambos era feroz, una lucha no solo de fuerza física, sino también de férreas voluntades. Raizul atacaba con la crueldad propia de alguien que no conocía la derrota, mientras que Sandokán respondía con la determinación de un hombre que no podía permitirse perder. Para uno y para otro, cada estocada estaba llena de significado.

Finalmente, después de lo que pareció una eternidad, Sandokán encontró una apertura. Con un grito de furia, lanzó un golpe que Raizul no pudo desviar a tiempo. La espada de Sandokán atravesó la armadura de Raizul, perforando su costado.

Raizul soltó un gruñido de dolor, pero no cayó. Con una expresión de odio puro, retrocedió, apretando una mano contra la herida a la par que intentaba mantenerse de pie.

—Esto no ha terminado —escupió, dejando escapar su odio.

Sandokán no le dio tiempo para recuperarse. Con un movimiento rápido, desarmó a Raizul, cuya espada salió volando por los aires y cayó al mar.

—No mereces morir con honor — replicó Sandokán con una frialdad mortal—, pero, por el bien de mis hombres, acabaré contigo ahora.

Antes de que Raizul pudiera responder, Sandokán lo atravesó con su espada, esta vez en el corazón. El Azote del Oriente exhaló un último aliento, con sus ojos llenos de sorpresa y rabia antes de desplomarse muerto sobre la cubierta.

El silencio cayó sobre la nave mientras los piratas restantes, al ver caer a su líder, se rendían o huían, sin voluntad para seguir luchando. Sandokán permaneció un momento junto al cuerpo de Raizul, respirando con dificultad y dejando que su furia se disipara.

Había vencido al enemigo más peligroso al que se había enfrentado, pero, una vez más, la victoria no le trajo ninguna alegría. De nuevo, tenía muy claro que aquello tampoco era el final, sino tan solo un paso más en la interminable lucha por proteger a su gente y su hogar.

Con una última mirada a Raizul, Sandokán volvió a su bote y regresó a *La Perla de Oriente*. Cuando la abordó, Yáñez y los demás lo recibieron con vítores, si bien él se limitó a asentir, agotado por el combate.

Mariana, que había regresado tras recibir noticias de la batalla, corrió hacia él y lo abrazó con fuerza.

—Sabía que lo lograrías —susurró contra su pecho.

—Lo he hecho —le dijo Sandokán suavemente, acariciando su cabello—, pero, créeme, esto es solo el comienzo. La verdadera batalla por Mompracem sigue estando por venir.

El sol se estaba poniendo, y con él, la promesa de una noche incierta. Sí, Sandokán estaba preocupado, pero, por ahora, estaba con su gente y eso era más que suficiente.

Bajo las estrellas de Mompracem

La luna se elevaba alta sobre el cielo de Mompracem, derramando su luz plateada sobre la isla y bañando las aguas del mar en un resplandor suave. La brisa nocturna, fresca y salina, traía consigo el murmullo de las olas que rompían contra la costa. Era una noche tranquila, casi demasiado tranquila después de las feroces batallas que habían sacudido el hogar de Sandokán y su gente. Pero esa calma, lejos de ser inquietante, era un bálsamo para el espíritu.

Sandokán caminaba por la orilla, con la arena bajo sus pies y la mente perdida en mil pensamientos. Habían ganado, habían defendido Mompracem y habían derrotado a Raizul, el Azote del Oriente. Pero la victoria no había llegado sin costes. No eran pocas las vidas que se habían perdido y el futuro seguía siendo incierto. Mientras avanzaba, los recuerdos de los días recientes se arremolinaban en su cabeza, mezclándose con la constante preocupación por lo que aún podía venir y con la creciente sensación de que, muy probablemente, nunca podría alcanzar la confianza y seguridad total de que Mompracem se encontrara por fin fuera de peligro.

Sus pasos lo llevaron hacia un lugar apartado, un pequeño promontorio que ofrecía una vista perfecta del mar infinito. Allí, el sonido de las olas era más intenso y la vista de las estrellas más clara. Era un rincón especial, uno que Sandokán había descubierto años atrás y que se había convertido en su refugio en los momentos de duda. Sin embargo, aquella noche no estaba solo.

Mariana lo esperaba, de pie junto a un gran árbol que proyectaba su sombra sobre la arena. Vestía una túnica ligera que ondeaba suavemente al ritmo del viento y su cabello oscuro caía libre sobre sus hombros, capturando la luz de la luna. Al verlo acercarse, una sonrisa serena se dibujó en sus labios.

—Sabía que vendrías aquí —dijo ella en voz baja cuando él se acercó.

—Es un lugar que siempre me ha dado paz —respondió Sandokán, deteniéndose a su lado—. Sin embargo, esta noche es diferente. Esta noche no puedo dejar de pensar en lo que hemos pasado... y en lo que aún podría venir.

Mariana asintió, comprendiendo su preocupación.

—Lo sé. Todos estamos heridos de alguna manera, pero también hemos ganado. Mompracem sigue en pie, gracias a ti.

Sandokán la miró, mientras la luz de las estrellas se reflejaba en su rostro.

—Gracias a todos nosotros —corrigió suavemente—, incluida tú, Mariana. Sin ti, sin tu valentía, no sé si lo hubiera logrado.

Mariana desvió la mirada hacia el horizonte, como si buscara respuestas en las estrellas.

—Hice lo que debía hacer. No soy solo una espectadora en esta lucha. Mompracem es mi hogar también y tú... tú eres parte de ese hogar.

El silencio se impuso entre ellos, lleno de palabras que ninguno de los dos llegaba a pronunciar. Sandokán sintió un nudo formarse en su garganta. Durante mucho tiempo, había sido un solo hombre, un líder dedicado a su causa y a su gente, sin permitirse nada más. Sin embargo, con Mariana todo había cambiado. Ella había entrado en su vida como una ráfaga de viento fresco, rompiendo las barreras que había construido alrededor de su corazón.

—Mariana... —comenzó Sandokán, antes de que ella lo interrumpiera suavemente, girándose para mirarlo a los ojos.

—Sandokán, no necesitamos más palabras esta noche. Hemos hablado con nuestras acciones, con nuestras decisiones, con cada momento en el que hemos luchado juntos. Lo que sentimos el uno por el otro no necesita explicaciones.

Él asintió, aceptando la verdad en sus palabras. Había algo más poderoso que cualquier declaración, algo que los unía más allá de las palabras. Lentamente, levantó una mano y acarició el rostro de Mariana, sintiendo la suavidad de su piel bajo sus dedos. Era un gesto simple, pero cargado de una ternura que iba más allá de los besos apasionados que se habían dado en otras ocasiones. Era algo que él no había permitido emerger hasta ahora.

Mariana cerró los ojos, dejando que la caricia de Sandokán la envolviera. Había esperado este momento durante tanto tiempo, pero no había imaginado que llegaría bajo estas circunstancias, después de tanto peligro y sufrimiento. Sin embargo, quizá era precisamente por lo que habían vivido que este instante se sentía tan precioso, tan necesario.

Sandokán se inclinó hacia ella, sus labios rozando los de Mariana en un beso suave, casi tímido. Pero la intensidad de sus emociones pronto hizo que el beso se profundizara, convirtiéndose en una expresión de todo lo que habían guardado en sus corazones. Era un beso que hablaba de amor, de deseo, pero también de miedo y esperanza. El mundo podía estar en llamas a su alrededor, pero en ese momento, bajo las estrellas de Mompracem, solo existían ellos dos.

Cuando finalmente se separaron, ambos respiraban con dificultad, como si hubieran corrido una larga distancia. Mariana lo miró con los ojos brillantes y le habló con una voz ligeramente temblorosa.

—No sé qué nos deparará el futuro, Sandokán, pero sé que no quiero enfrentarlo sin ti.

—Y no lo harás —respondió él con firmeza—. He pasado demasiado tiempo luchando solo, dejando que el peso de mi destino me aplaste. Pero ya no estoy solo, Mariana. Te tengo a ti y no pienso dejarte ir.

Se abrazaron bajo el cielo estrellado, permitiendo que sus corazones se alinearan con el ritmo de las olas. El tiempo pareció detenerse mientras permanecían así, encontrando consuelo en la presencia del otro, olvidando por un momento las luchas y peligros que los esperaban más allá de la noche.

Finalmente, cuando el viento comenzó a enfriar la brisa, Sandokán tomó la mano de Mariana y la llevó hacia el promontorio. Juntos se sentaron en la orilla, contemplando el horizonte donde el mar y el cielo se encontraban. La luna llena se reflejaba en el agua, creando un camino de luz que parecía llevar al infinito.

—Las estrellas son más brillantes aquí —comentó Mariana, recostándose contra el pecho de Sandokán—. Como si supieran que este lugar es especial.

—Lo es —murmuró él, besando su cabello—. Y ahora lo es aún más, porque lo comparto contigo.

Esa noche, bajo las estrellas de Mompracem, Sandokán y Mariana se permitieron soñar con un futuro en el que pudieran estar juntos, sin guerras, sin peligros, solo ellos y su amor. Sabían que el camino no sería fácil, que las sombras seguían y seguirían acechando, pero también sabían que, mientras estuvieran juntos, podrían enfrentarlo todo.

Y así, abrazados y en silencio, dejaron que la calma de la noche los envolviera, permitiéndose por fin ser simplemente Sandokán y Mariana, dos almas encontradas en medio del tumulto de un mundo en guerra.

Epílogo: Un nuevo amanecer

Varios años después, el sol se elevaba como siempre lentamente sobre el horizonte, derramando su luz dorada sobre las aguas tranquilas que rodeaban la isla de Mompracem. La brisa marina acariciaba las palmeras, haciendo susurrar las hojas mientras las olas rompían suavemente contra la costa. El tiempo había pasado y con él, la isla había comenzado a sanar de las cicatrices dejadas por las batallas y las pérdidas. Lo que alguna vez fue un hogar en peligro, ahora renacía como un refugio de paz y prosperidad.

En lo alto de un acantilado, una fortaleza se alzaba imponente, con sus muros firmes y sus torres vigilando el horizonte. Desde allí, se podía ver toda la isla, desde las playas de arena blanca hasta las densas selvas que cubrían el interior. Pero, a pesar de su fortaleza, Mompracem ya no era solo un bastión militar; era un lugar donde la vida florecía.

Sandokán estaba de pie en la terraza de la fortaleza, con la vista perdida en el océano. Su figura, aún poderosa y llena de energía, se había suavizado con el paso de los años. La furia que una vez lo impulsó había dado paso a una calma que solo podía provenir de la satisfacción de un deber cumplido y de un amor compartido. En su rostro, las líneas de la edad comenzaban a aparecer, pero sus ojos seguían brillando con la intensidad de siempre.

A su lado, Mariana sostenía a un pequeño niño en brazos, envuelto en una manta tejida. El niño, con el cabello oscuro de su padre y los ojos brillantes de su madre, dormía plácidamente, ajeno al mundo que lo rodeaba. Mariana sonrió mientras observaba a Sandokán, sintiendo un amor por él más profundo y fuerte que nunca.

—Se parece a ti —dijo ella suavemente, rompiendo el silencio.

Sandokán miró al niño y su expresión se suavizó aún más.

—Y a ti también —respondió, acariciando la pequeña cabeza del niño—. Es un guerrero, igual que su madre.

Mariana sonrió con calidez.

—Espero que no tenga que luchar como lo hicimos nosotros y que su vida esté llena de paz.

—Eso es lo que construiremos para él —afirmó Sandokán—. Para él y para todos los que vengan después. Mompracem será un lugar de esperanza, no de guerra.

Desde la distancia, una risa familiar llegó a sus oídos. Ambos se volvieron y pudieron ver a Yáñez, que jugaba con un niño de cabello rizado, mientras Amina, con una sonrisa luminosa, los observaba desde la sombra de un árbol. La relación entre Yáñez y Amina había florecido con el tiempo, fortaleciéndose a medida que compartían alegrías y desafíos. Ahora, con un hijo propio, su amor era tan firme como la roca en la que se apoyaban.

Yáñez atrapó al niño en un abrazo y lo levantó en el aire, haciéndolo reír con un sonido que resonó en toda la terraza.

—¡Mira, Amina, nuestro hijo quiere ser pirata como su padre! —exclamó con orgullo.

Amina se rio suavemente.

—Espero que no herede también tu afición por las aventuras peligrosas, querido.

Yáñez guiñó un ojo a su esposa.

—Bueno, alguien tiene que mantener viva la leyenda, ¿no crees?

Sandokán y Mariana observaron a sus amigos con afecto. Los cuatro habían recorrido un largo camino juntos, superando innumerables obstáculos, y ahora, finalmente, podían disfrutar de la vida que habían luchado tanto por proteger. Había paz en Mompracem, una paz que habían ganado con sangre y sacrificio, pero que ahora se mantenía firme.

Con el niño aún dormido en sus brazos, Mariana se acercó a Sandokán, recostándose contra su pecho.

—Hemos pasado por tanto, Sandokán —murmuró—. Y, sin embargo, aquí estamos, con un futuro brillante por delante.

—Sí, aquí estamos —respondió Sandokán, rodeándola con un brazo—. No cambiaría nada de lo que hemos vivido. Cada batalla, cada pérdida, nos ha llevado hasta este momento. Hasta este nuevo comienzo.

El sol siguió su ascenso en el cielo, iluminando el mundo con un resplandor cálido y dorado. Mompracem resplandecía bajo su luz, un lugar renacido de sus propias cenizas, preparado para un futuro donde la guerra era solo un recuerdo lejano y la paz un nuevo legado.

Sandokán miró a Mariana y luego a su hijo, sintiendo un profundo agradecimiento por lo que había logrado y por la familia que había encontrado. Su viaje no había sido fácil, pero había sido necesario. Ahora, estaba listo para construir un nuevo mundo, uno donde sus hijos y los hijos de sus amigos pudieran vivir sin miedo, guiados por el amor y la esperanza.

—Vamos —dijo finalmente, tomando la mano de Mariana—. Es hora de empezar a escribir esta nueva historia.

Juntos, descendieron de la terraza para unirse a Yáñez, Amina y sus hijos. El futuro era incierto, como siempre lo era, pero por primera vez en mucho tiempo, Sandokán no lo temía. Sabía que mientras estuvieran juntos, no habría desafío que no pudieran superar. Y así, con el corazón lleno de amor y la mente tranquila, el Tigre de Mompracem y su familia se prepararon para enfrentar el nuevo amanecer que se desplegaba ante ellos.

Don't miss out!

Visit the website below and you can sign up to receive emails whenever Frank Pumet publishes a new book. There's no charge and no obligation.

https://books2read.com/r/B-A-ASSQB-NJDAF

BOOKS 2 READ

Connecting independent readers to independent writers.

Also by Frank Pumet

Vanesa
Más allá de la cancha
Sombras de Mompracem